"A moose took a dauner
through the deep, mirk widd.
A tod saw the moose
and the moose looked guid."

Come a wee bit further intae the deep, mirk widd,
and find oot whit happens when the
sleekit moose comes face tae face
wi a hoolet, a snake and a hungry gruffalo . . .

First published 2012 by Itchy Coo
Itchy Coo is an imprint and trade mark of James Francis Robertson and
Matthew Fitt and used under licence by Black & White Publishing Limited

Black & White Publishing Ltd
29 Ocean Drive, Edinburgh EH6 6JL

9 10   14 15

ISBN: 978 1 84502 503 8

The Gruffalo first published by Macmillan Children's Books in 1999
Text copyright © Julia Donaldson 1999
Illustrations copyright © Axel Scheffler 1999
Translation copyright © James Robertson 2012

Printed in China

LOTTERY FUNDED

THE GRUFFALO
in Scots

Julia Donaldson
Illustrated by Axel Scheffler
Translated by James Robertson

A moose took a dauner through the deep, mirk widd.
A tod saw the moose and the moose looked guid.
"Whaur are ye aff tae, wee broon moose?
Will ye no hae yer denner in ma deep-doon hoose?"
"That's awfie kind o ye, Tod, but I'll no –
I'm gonnae hae ma denner wi a gruffalo."

"A gruffalo? Whit's a gruffalo then?"
"A gruffalo! Whit, dae ye no ken?

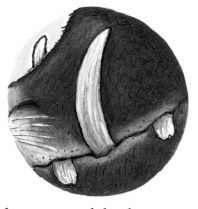
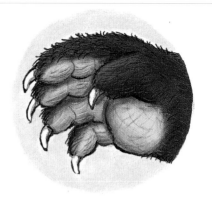

"He has muckle lang tusks,   and muckle big paws,

And muckle sherp teeth in his muckle strang jaws."

"Whaur are ye meetin him?"
"By these stanes, the noo.
And his favourite food is hot tod stew."

"Hot tod stew! I'm no here!" Tod yelped.
"See ye efter, wee moose," and awa he skelped.

"See yon Tod! Is he daft or no?
There's nae such thing as a gruffalo!"

The moose daunered on through the deep, mirk widd.
A hoolet saw the moose and the moose looked guid.
"Whaur are ye aff tae, wee broon moose?
Will ye no hae yer tea in ma tree-tap hoose?"
"That's gey hamely o ye, Hoolet, but I'll no –
I'm gonnae hae ma tea wi a gruffalo."

"A gruffalo? Whit's a gruffalo then?"
"A gruffalo! Whit, dae ye no ken?

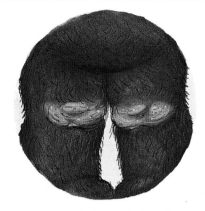 

"He has knuckly knees,   and each tae has a clook,

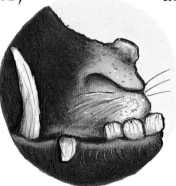

And on the end o his neb is a pizenous plook."

"*Whaur are ye meetin him?*"
"Here, by this watter,
And his favourite food is hoolet in batter."

"Hoolet in batter? That fills me wi dreid!
See ye efter, wee moose," and awa Hoolet fleed.

"See yon Hoolet! Is he daft or no?
There's nae such thing as a gruffalo!"

The moose daunered on through the deep, mirk widd.
A snake saw the moose and the moose looked guid.
"*Whaur are ye aff tae, wee broon moose?*
Come ben for some scran in ma ricklie log hoose."
"That's maist freenly o ye, Snake, but I'll no –
I'm haein some scran wi a gruffalo."

"*A gruffalo? Whit's a gruffalo then?*"
"A gruffalo! Whit, dae ye no ken?

"His een are orange, his tongue is black,

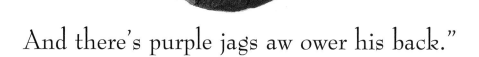

And there's purple jags aw ower his back."

"Whaur are ye meetin him?"
"At this lochside,
And his favourite food is snake, deep-fried."

"Deep-fried snake! Dae ye think I'm dippit!
See ye efter, wee moose," and awa Snake slippit.

"See yon Snake! Is he daft or no?
There's nae such thing as a gruffal . . .

. . . Oh!"

But wha's this beast wi lang tusks and big paws
And muckle sherp teeth in his muckle strang jaws?
He has knuckly knees, and each tae has a clook,
And on the end o his neb is a pizenous plook.
His een are orange, his tongue is black,
And there's purple jags aw ower his back.

"Oh jings! Oh help! Tell me it's no . . .
But I doot it is! It's a gruffalo!"

"Ma favourite food!" And the Gruffalo smiled.
"Ye'll taste guid – fried, baked or biled."

"Guid?" said the moose. "Dinnae cry me guid!
I'm the maist fearsome beast in this widd.
Jist walk ahint me and ye'll soon see,
Awbody is feart fae me."

"Richt ye are," said the Gruffalo, fit tae burst.
"I'll walk ahint ye, and ye gang first."

Sae they walked till the Gruffalo stapped tae stare.
"I hear a hiss in thae leaves ower there."

"It's Snake," said the moose. "Haw, Snake, hello!"
Snake took yin keek at the Gruffalo.
"*Oh crivvens!*" he said, "*Cheerio, wee moose,*"
And awa he slippit tae his ricklie log hoose.

"See?" said the moose. "I tellt ye, did I no?"
"*I'm bumbazed!*" said the Gruffalo.

They walked till the Gruffalo stapped yince mair.
"*I hear a hoot in thae trees ower there.*"

"It's Hoolet," said the moose. "Haw, Hoolet, hello!"
Hoolet took yin keek at the Gruffalo.
"*Oh michty!*" he said, "*Cheerio, wee moose,*"
And awa he fleed tae his tree-tap hoose.

"See?" said the moose. "I tellt ye, did I no?"
"I'm dumfoonert!" said the Gruffalo.

They walked till the Gruffalo stapped yince mair.
"I can hear feet on the path ower there."

"It's Tod," said the moose. "Haw, Tod, hello!"
Tod took yin keek at the Gruffalo.
"Help ma boab!" he said, *"Cheerio, wee moose,"*
And awa he skelped tae his deep-doon hoose.

"Weel, Gruffalo," said the moose. "Ye see?
Awbody is feart fae me!
But ma belly is rummlin aw o a sudden,
And ma favourite food is – gruffalo pudden!"

"*Gruffalo pudden!*" the Gruffalo grat,
And quick as the wind he wis aff, jist like that.

In the deep, mirk widd there wis nae soond at aw. —
The moose fund a nut and the nut wis — braw.